DOCUMENS

RELATIFS

A UNE FAMILLE VENDÉENNE.

SIRE,

QUELQUES minutes suffiraient à VOTRE MAJESTÉ pour parcourir ce Précis; et alors des plaies bien profondes seraient cicatrisées.

Je suis, avec le plus profond respect et un dévouement tout vendéen,

SIRE,

DE VOTRE MAJESTÉ,

Le très-humble
et très-fidèle sujet.

MORICET.

DOCUMENS [1]

RELATIFS

A UNE FAMILLE VENDÉENNE.

Ce n'est pas sans qu'il en coûte à ses habitudes, humbles et ennemies de l'éclat, que la famille Moricet vient ici parler de sa conduite; fuyant la publicité, jamais elle n'a voulu figurer dans les divers écrits qu'on a publiés sur la Vendée. Si ses récens malheurs ne l'avoient pas réduite au plus entier dénuement, elle laisseroit encore ignorer qu'elle a tout souffert pour la bonne cause, et seroit fière de ne pas faire payer ses services.

Aujourd'hui la nécessité la force de mettre sous les yeux du Roi ce fidèle et simple récit, afin que Sa Majesté daigne y voir ou des

(1) En les faisant imprimer, l'on n'a pas eu l'intention de les livrer au public, mais uniquement d'en rendre la lecture plus facile à Sa Majesté.

droits à ses faveurs, ou du moins l'occasion d'exercer sa bienfaisance.

Les faits que je me propose de retracer sont de notoriété publique, et présens à la mémoire de toutes les personnes assez âgées pour en avoir été les témoins

A l'époque de la première guerre de la Vendée, en 1793, ma famille étoit la plus considérée et la plus riche de la ville de Cholet. Elle possédoit des capitaux tres-considérables et plus de trente mille livres de rente en biens-fonds. La plus grande partie de cette fortune étoit employée en fondations pieuses, et servoit de patrimoine à tous les malheureux : les aumônes et libéralités de nos pères mettroient aujourd'hui leurs enfans bien au-dessus du besoin.

La reconnoissance publique interrogée, diroit encore, apres trente-trois ans, combien surtout étoit charitable notre grand oncle, vieillard vénérable, connu sous le nom de M. Moricet l'oncle.

Il servoit lui-même tous les pauvres, qui sans cesse affluoient dans sa maison pour s'y chauffer et s'y nourrir. Il avoit plusieurs appartemens remplis de hardes pour tous les âges, et qu'il faisoit confectionner exprès pour en vêtir les indigens.

Un tel genre de vie l'avoit rendu l'objet de la confiance et de l'amour de tout son pays, lorsque la première guerre éclata spontanément, sans organisation, sans concert. L'armée vendéenne vint prendre Cholet avec le double motif d'y trouver des ressources d'argent et des hommes marquans capables de diriger les opérations ou de donner des conseils

Aussi, à peine les insurgés ont-ils occupé la ville, que M. Moricet, l'oncle, paroît commander à tous les partis; il arrête les vengeances et l'effusion du sang; il semble que tout ce qu'on a fait jusque-là n'avoit pour but que de venir déposer en ses mains le commandement et lui jurer obéissance, tant son caractère et sa bienfaisance lui donnoient d'ascendant sur les esprits !

Sa probité si connue et la grande fortune dont il jouissoit le font considérer comme le personnage du pays dont la voix produira le plus d'effet sur les villes de Vihiers, Doué et Saumur; car déjà les Vendéens songent à faire immédiatement ces trois conquêtes, de perfides émissaires leur ayant persuadé que la moitié des habitans disposés à grossir leurs rangs, les attendoient impatiemment. Mais ces nouveaux soldats de la Croix veulent épargner le sang; c'est avec un parlementaire qu'ils tenteront de soumettre des villes où régnoient avec effervescence l'esprit et les autorités révolutionnaires. Ce projet faisoit plus d'honneur aux intentions pures des Vendéens, et surtout à celui qu'on choississoit pour une si périlleuse mission, qu'il n'annonçoit de prévision et de saine politique de la part de ceux qui l'avoient conçu.

M. Moricet avoit trop de lumières et de sagacité pour ne pas voir qu'il alloit à une mort certaine; mais il s'agissoit tout à la fois d'empêcher le massacre d'un grand nombre de prisonniers et de sauver trois populations entières. Dès lors aucune considération de sûreté personnelle n'est capable de l'arrêter; il part avec deux de ses concitoyens qui veulent bien partager sa périlleuse tentative, certains qu'ils sont de trouver leur sauvegarde dans l'estime et le respect attachés à sa personne.

Avant d'arriver à *Vihiers*, ils sont rencontrés par un gendarme républicain du pays que M. Moricet, l'oncle, avoit comblé de bienfaits. Cet homme s'informe du motif de leur voyage, et, déposant tout à coup son exaltation et sa rage révolutionnaire, il dit à M. Moricet « Vous êtes perdu; je précède de quelques pas un parti républicain, » vous allez être arrêté et conduit à Saumur. Je puis encore sauver » mon bienfaiteur, vous sauver, mais vous seul: consentez seulement » à passer pour mon pere. »

M. Moricet lui répond qu'il ne rachètera pas sa vie par un mensonge, et que surtout il n'abandonnera pas lâchement ses généreux compagnons; puis il ajoute : « Que Dieu vous tienne compte, monsieur, de votre humanité à mon égard ! pour nous, nous accomplirons notre mission. » A peine a-t-il prononcé ces paroles, que les *bleus* paroissent et les emmènent tous les trois prisonniers, sans égard pour leur caractère d'envoyés pacificateurs.

Après les plus cruels outrages, ils arrivent à Saumur au milieu des vociférations et des hurlemens d'un peuple forcené; on disperse l'escorte qui les conduisoit, on les déchire, on les assomme à coups de pavés; des femmes, des monstres se lavent dans leur sang, et leurs cadavres en lambeaux restent en spectacle sur la place principale de la ville.

Quand l'armée vendéenne connut ces horribles détails, elle fit entendre des cris de vengeance; et plus tard, lorsque cette ville coupable fut conquise un moment, elle dut à la sévere discipline maintenue par les généraux vendéens, de ne pas devenir la proie des flammes.

Quelques jours après cet exécrable attentat, le récit en fut mis à l'ordre de l'armée, qui demanda tout d'une voix un service solennel pour les trois premiers martyrs de la Vendée. Il eut lieu en effet, et prouva la profonde vénération qu'on avoit pour M. Moricet, et combien paroissoit grande et douloureuse la perte que venoit de faire en lui le parti royaliste!

M. Moricet avoit laissé à Cholet ses trois neveux, qui vainement avoient voulu partir à sa place : mon père, âgé de vingt-quatre ans, et marié depuis trois ans, ainsi que son frère aîné; le troisième, appelé d'Hilerain (1), n'avoit pas vingt ans.

Il est aisé de concevoir quelle fut leur consternation, et de combien s'accrut leur haine contre les révolutionnaires, quand ils apprirent que l'onclé chéri qui leur servoit de père, que ce juste, aussi de leur sang, avoit péri, comme son Roi, par la main des bourreaux !

Aussi trouvèrent-ils bientôt la mort en cherchant à venger et leur famille, et le trône et l'autel. L'un fut tué sur le champ de bataille de Laval, l'autre fusillé à Noirmoutiers avec M. D'Elbée; mon père,

---

(1) L'usage étoit alors de porter des noms de propriétes, c'est ainsi que mon père n'étoit connu que sous le nom de Chauchnere

sorti miraculeusement de tous les dangers, épuisé par des fatigues au-dessus de ses forces, traîna pendant quelques années une vie languissante.

Sans étendre les preuves du dévouement sans bornes dont ils furent animés jusqu'à leur mort glorieuse, il est nécessaire, pour en apprécier le mérite, de se reporter à l'époque de la première guerre, et de considérer quelle étoit alors leur position.

Placés au premier rang dans une ville opulente; entourés de la considération générale; jouissant de toutes les douceurs de la fortune; attachés à la vie par les plus doux liens de famille, tout rioit à leurs désirs, tout devoit leur faire chérir un repos que la Providence sembloit se plaire à embellir de ses faveurs.

N'importe; les suites plus que douteuses d'un soulèvement qui n'offroit encore qu'une poignée de braves luttant contre le colosse républicain; l'entraînement de leurs concitoyens, de leurs amis, fuyant un pays menacé des horreurs de la guerre civile; rien n'ébranle leur résolution; ils proclament que leurs biens et leurs bras sont au Roi, et vont des premiers se ranger sous le drapeau blanc. Cette démarche entraîne une foule de gens irrésolus, et leur seule présence augmente l'armée d'un grand nombre de soldats.

Quel intérêt personnel leur commandoit une aussi noble conduite? Ils ne tenoient aucune faveur du Gouvernement; ils n'appartenoient pas à la classe chargée plus spécialement de défendre la Couronne; et dans ces commencemens où la France offroit le spectacle d'une défection presque générale, se dévouer ainsi gratuitement en première ligne, ce fut un trait tellement éclatant, que l'on ne concevoit rien de plus honorable.

Aussi mon père fut immédiatement nommé membre du conseil d'organisation et du comité vendéen; et lorsque plus tard, après la pacification, il voulut rentrer dans ses propriétés, il apprit que parmi les charges qui pesoient sur sa tête, la république lui faisoit un plus grand crime d'avoir figuré dans ce comité, que de ce qu'il avoit porté les armes contre elle.

Il passa la Loire avec l'armée d'Anjou, dont il faisoit partie, et ma mère suivoit cette même armée, comme cette foule de dames et d'enfans qui ne croyoient trouver de sûreté qu'à l'abri de ce rempart.

On sait les peines, les fatigues, les souffrances qu'éprouva cette armée, ou pour mieux dire, cette population entière dans cette fatale tournée d'outre-Loire; et l'on conçoit que toutes les angoisses étoient doublées pour celui qui combattoit presqu'à toutes les heures, et qui dans les rares intervalles pouvoit à peine procurer un pain grossier à sa femme, souvent dans l'impossibilité de nourrir ses deux petits enfans.

Quant à ma mère, elle a retrouvé, mot à mot, sa propre histoire dans le récit que Mme la marquise de La Rochejaquelein a tracé de ses malheurs.

Elle et mon père n'ont quitté l'armée qu'après sa destruction totale aux environs d'Ancenis.

Alors commença pour eux un enchaînement d'infortunes et de persécutions nouvelles impossibles à retracer, et qui ressemblent moins à la vérité qu'à des fables. Il suffira de se les représenter avec deux enfans au berceau; recourant sans cesse aux déguisemens et aux stratagèmes les plus incroyables pour éviter la mort qui les menaçoit à chaque pas; errant au hasard dans un pays parcouru dans toutes les directions par des sicaires altérés de sang; habitant jour et nuit, pendant plusieurs mois, des arbres creux, dans lesquels, glacés de froid, ils éprouvoient de longs évanouissemens causés par l'inanition et l'immobilité; confiant leur secret et leur existence à des gens inconnus qui pouvoient les trahir à chaque moment, et chez lesquels le plus jeune de leurs enfans mourut de faim et de misère.

Telle fut leur longue agonie, jusqu'à l'instant où, sortant de leur asile comme d'un tombeau, la générosité de quelques familles de Bretagne leur procura des caches plus supportables.

C'est là qu'ils connurent toute l'étendue de leurs pertes. C'est là que ma mère fut plongée dans le plus affreux accablement, lorsque comptant avec sa douleur elle se trouva presque seule dans le monde. La santé de son mari épuisé par tant de fatigues annonçoit évidemment une fin prochaine. Dix-sept personnes chères à son cœur par les liens du sang avoient disparu de dessus la terre.; père, mère (1), oncles, frères, etc., etc. Plusieurs riches mobiliers qu'ils possédoient avoient été pillés en entier; leurs maisons, leurs fermes incendiées; ils n'osoient même se flatter d'avoir conservé quelques sillons; toutes leurs ressources d'argent se trouvoient épuisées, soit pour les besoins de l'armée vendéenne, soit pour leur propre existence.

Enfin, apprenant que leurs noms étoient sur la liste des émigrés et leurs biens sous le séquestre, ils se décidèrent, pour en empêcher la vente, à rentrer dans leurs foyers, et furent réduits à recevoir l'hospitalité dans leur propre ville, auprès des ruines encore fumantes de leurs anciennes habitations

Mon père reçut alors des remboursemens considérables en assignats; il pouvoit avec ce papier réparer toutes ses pertes, et doubler sa fortune : la nécessité sembloit l'autoriser et lui servir d'excuse; il n'écouta que sa délicatesse. Loin d'acheter à vil prix des domaines nationaux, bassesse qui lui faisoit horreur, il vendit une portion de son patrimoine pour se faire des ressources; et afin de laisser à ses enfans un peu d'aisance avec l'honneur, il résolut de recourir aux spéculations du commerce de Cholet, dans lequel ses peres lui laissoient un nom sans tache et universellement connu.

A peine avoit-il commencé, qu'il mourut à l'âge de trente-cinq ans. Ma mère fut à la veille de succomber à ce nouveau malheur qui renouveloit toutes ses plaies. Sa tendresse pour ses six enfans (2) en bas âge lui donna une force héroïque; veuve à trente-deux ans,

---

(1) Elle étoit moite de saisissement a la vue des soldats republicains qui venoient arrêter son mari Celui-ci perit dans les prisons de Bourges ses opinions royalistes, son influence et sa fortune avoient ete les motifs de son arrestation

(2) Deux garçons et quatre filles tous existent

elle refusa de former de nouveaux nœuds, et, par amour pour sa jeune famillle, elle eut le courage de se vouer aux pénibles travaux du cabinet pour lesquels elle n'étoit pas née.

Elle passa le temps de l'usurpation occupée du soin de ses affaires; ne voyant que le cercle tres-resserré de ce qu'il y avoit de mieux dans le pays sous le rapport de la société et des bons principes; entretenant ses enfans dans les sentimens qui avoient dirigé leurs pères et dans le souvenir de l'auguste famille de nos Rois, pour laquelle nous avions éprouvé tant de malheurs. Souvent elle leur disoit. Ah[1] si les Bourbons revenoient, vous auriez, mes chers enfans, un bel héritage dans la protection qu'appelleroient sur vous les sacrifices et la mort de vos parens[1]

Enfin la Providence nous rendit nos princes adorés; aussitôt il sembla qu'un astre bienfaisant répandoit ses heureuses influences sur la France désolée. Tout à coup on vit le commerce refleurir; il promettoit de grands bénéfices; ma mère résolut de le continuer, espérant que le succès la dispenseroit de demander aucune indemnité au Trésor royal, sur lequel pesoient d'énormes obligations et des charges immenses au profit des étrangers. Sa délicatesse répugnoit d'ailleurs à faire récompenser par de l'argent des pertes que rien ne peut payer. Elle se proposoit seulement de réclamer pour ses enfans quelques distinctions honorifiques.

Ainsi n'avoit-elle fait encore aucune demande, lorsque de nouveau la monarchie se trouve en péril par les déplorables événemens du mois de mars 1815.

Tout le monde sait dans le pays quelle fut sa conduite pendant les cent-jours. Aux premiers bruits avant-coureurs de la reprise d'armes, ma mère refusa de quitter sa maison, malgré la présence de deux régimens rebelles, auxquels elle avoit été dénoncée comme une royaliste exaltée, et dangereuse à cause de son influence et de son grand caractère

Les 15ᵐᵉ et 26ᵐᵉ de ligne, après avoir été battus, le 17 mai, par M. le comte Auguste de Larochejaquelein aux Echaubroignes, craignant d'exaspérer les esprits déjà en fermentation et de se fermer ainsi toute retraite, n'exercerent aucune voie de fait contre les royalistes restés à Cholet; mais, plus tard, on entendit proférer cette menace, que, s'ils revenoient dans cette ville, leur premier exploit seroit de brûler Mme Moricet dans sa maison.

Ils avoient appris que c'étoit en quelque sorte le quartier-général des Vendéens; qu'ils trouvoient chez ma mère tous les secours et services possibles, au point que tous les chefs applaudissant à son activité, à son dévouement, à sa libéralité, lui rendoient ce témoignage, qu'elle valoit à la Vendée un général d'armée

Elle procura aussi à deux aides-de-camp de S. A. R. le duc de Bourbon les moyens d'échapper aux soldats de l'usurpateur.

Lorsque ceux-ci occupèrent Cholet au nombre de dix mille hommes, ma mère crut qu'elle touchoit à sa dernière heure; et, en effet, elle eût été sacrifiée, sans la nouvelle de Waterloo, et sans l'énergie qu'elle déploya devant les officiers auxquels elle rendit compte de sa conduite et de ses opinions royalistes.

Quant à ce qui me concerne, j'aimerois à n'en pas parler moi-même, si la nature et le motif de cet exposé ne l'exigeoient, afin de prouver qu'aucun sacrifice ne nous a jamais retenus quand l'occasion s'est offerte de servir le Roi; et que, dans les guerres de la Vendée, notre famille a montré trois générations combattant pour la défense des lis.

J'étois à Bordeaux le 4 mars 1815, et j'y fus témoin de l'enthousiasme inimaginable qui accueillit Mgr le duc d'ANGOULÊME et MADAME. Presque aussitôt on y connut le débarquement de Buonaparte. Mes premieres pensées me rappelerent que j'avois de nobles exemples de famille à imiter dans mon pays. Déjà je le vois tout en armes; et, me rendant l'interprète de la Vendée, je déclare qu'elle est prête à vaincre ou à mourir sous les ordres de MADAME; et je supplie M. Mathieu de Montmorency de déterminer cette auguste princesse à venir la commander.

Telle est l'origine de l'intérêt si particulier que nous a témoigné jusqu'à sa mort le noble duc de Montmorency, et dont je conserve précieusement les preuves écrites de sa main. Combien je suis heureux de pouvoir consigner ici l'expression de ma vive reconnoissance! Nous avons pleuré sa perte avec toute la France, et sa mémoire ne s'effacera jamais de notre cœur.

Il me remit des dépêches pour M. de Suzannet, auprès duquel je me rendis en toute hâte.

Bientôt je fus obligé de faire un voyage à Poitiers. Mon zèle n'y demeura pas inactif. Un personnage marquant, alors dans cette ville, et qui remplit aujourd'hui d'éminentes fonctions, diroit, au besoin, que, sans un incident fortuit, la Vendée me voyait revenir avec quatre-vingts royalistes, amenant le préfet, Baron Grouard, et plusieurs autres ôtages Buonapartistes, soixante chevaux de remonte, et des fonds considérables. Poitiers alors étoit sans troupe de ligne

Mon second retour fut accompagné de dangers dont la Providence permit que je ne devinsse pas la victime.

Ainsi, loin de trouver dans mon éloignement une occasion d'éviter le théâtre de la guerre, j'y revenois pour la seconde fois, et j'avois fait cent lieues pour me réunir à l'insurrection de mon pays

Je fis la campagne de mon mieux, dans l'armée d'Anjou, commandée par M. le comte Charles d'Autichamp; je me trouvai aux affaires de la Grôle et de Roche-Servière; on voulut bien donner quelques éloges à mon dévouement, et je fus proposé l'un des premiers pour la décoration de la Légion-d'Honneur (1)

Je reçus le brevet de capitaine, et mon jeune frere celui de lieutenant (2)

Aprés les cent-jours, des indemnités en argent furent accordées aux Vendéens pour les frais de la guerre; ma mere n'en réclama pas,

(1) Aprés la campagne je fus presenté au Roi, avec plusieurs autres officiers vendeens, par le general d'Autichamp ainsi qu'a Monsieur Madame, Mgr le Duc d'Angouleme et Mgr le Duc de Berry

(2) Il est depuis huit ans garde-du-corps du Roi, compagnie de Croi

ét ne reçut rien. Elle vouloit prouver combien son dévouement étoit désintéressé. Cependant elle avoit fait des dépenses considérables et bien au-delà de ses moyens Alors elle contracta, sans en prévoir les conséquences, des emprunts onéreux, souvent renouvelés depuis, à de très-forts intérêts, et qui, dans l'espace de dix années, ont consommé sa ruine et la fortune de ses enfans.

En 1820, désirant cesser le commerce, qui ne réalisoit pas les espérances dont elle s'étoit flattée, elle vint à Paris, persuadée qu'il lui suffiroit d'exposer ses droits à la bienveillance du gouvernement pour en obtenir des secours. Toutes ses démarches furent inutiles auprès du ministre de la maison du Roi ; et ses demandes, reproduites depuis, n'ont pas eu plus de succès. Cependant elle étoit appuyée des plus hautes protections, ainsi que le prouvent les apostilles honorables apposées sur diverses pétitions qui sont au ministère de la maison du Roi. Elle avoit été reçue, en audience particulière, par MONSIEUR, aujourd'hui notre Roi bien-aimé, par MADAME et par Mgr le duc d'Angoulême, auquel déjà, elle et ses enfans, avoient été présentés à Chollet et à Angers, comme la famille du pays qui avoit fait le plus de sacrifices dans tous les temps.

Mgr le Duc de Bourbon, et Mme Louise de Condé, prieure du Temple, l'écoutèrent avec sensibilité et s'employèrent en sa faveur.

Il faudroit la connoître, pour juger combien son cœur fut ivre de joie quand elle se vit admise à l'honneur d'entretenir nos princes et de son amour et de ses malheurs ! Accueillie par eux avec la plus grande bonté, elle crut toucher au terme de ses infortunes ; mais sans doute, il n'étoit pas en leur pouvoir alors de remédier à sa cruelle position. Elle quitta Paris, navrée, anéantie.

Depuis, elle a plusieurs fois renouvelé ses demandes par écrit Toutes les réponses du ministère de la maison du Roi portent que l'on reconnoît ses titres aux bontés du gouvernement, mais qu'heureusement la fortune dont elle jouit la met dans le cas de s'en passer. Hélas ! cette apparence de fortune n'en cachoit pas moins la détresse la plus profonde !

Et en effet, il y a quelques mois, cette triste vérité a été révélée au public par la ruine entière de Mme Moricet (1), puisque ses six enfans viennent de vendre la totalité des biens qu'ils tenoient de leur père, et d'abandonner *quatre cent mille francs* aux créanciers de leur mère, pour des dettes qu'ils n'avoient pas contractées, et qu'aucune loi ne pouvoit les forcer de payer.

Une conduite si désintéressée surpasse tellement tout ce que, dans leur position, la délicatesse la plus scrupuleuse pouvoit exiger, que non seulement ils ont évité à leur mère toute poursuite judiciaire, et conservé ainsi leur nom sans tache, mais encore par cette ruine totale et volontaire, qui a été regardée comme un phénomène dans ce siècle, où l'argent est si souvent préféré a l'honneur; l'estime et la considération dont ils jouissoient dans la contrée se sont transformées en des sentimens d'enthousiasme et d'admiration.

Aujourd'hui, notre dénuement absolu, nos sacrifices, nos pertes de famille et de fortune dans les guerres de la Vendée, nous autorisent à placer encore nos espérances dans le cœur de notre Roi.

Sur qui ces bienfaits seroient-ils appelés avec plus d'urgence, comme à plus de titres? Si nos pères avoient survécu, sans doute, ils seroient comblés des faveurs royales; car, quel genre de dévouement leur a manqué?

Si, dans ce moment (ce qu'à Dieu ne plaise!), l'enfer ébranloit encore un trône adoré....... que toute une famille, pour le défendre, et par le seul mobile du plus pur honneur, verse tout son sang, expose une immense fortune, se pourroit-il qu'elle fût oubliée au jour d'une heureuse restauration?

Viendrions-nous trop tard réclamer les bontés du Roi? Mais, sous

(1) Personne plus qu'elle-même n'a ete surpris de cet evenement Le grand credit commercial dont elle jouissoit lui faisoit illusion sur le veritable état de ses affaires, au point qu'assez recemment, agissant toujours dans l'interêt de la monarchie, et voulant faciliter l'etablissement a Cholet des *Freres de la doctrine chretienne*, elle y acheta, pour cet objet, un terrain convenable, et fit les constructions necessaires, ce qui lui coûta plus de 12,000 fi

les Bourbons, il n'y a pas prescription contre les titres de la fidélité ; et d'ailleurs la terre n'a pas encore dévoré tous les ossemens de nos pères.

Nous ne portons envie à personne ; mais nous osons croire que, si le canal des grâces royales s'ouvroit pour la première fois, nos titres soutiendroient le parallèle avec ceux qui sont le plus généreusement récompensés.

Non, le Roi ne permettra pas qu'une dame vendéenne, qui a toujours vécu en intimité avec les premières classes de la société ; que ses six enfans, qui ont reçu l'éducation honorable qu'exigeoit la position dans laquelle ils étoient nés, languissent dans la misere.

Le Roi ne permettra pas que leurs lettres de noblesse, octroyées par son auguste frère, soient, en quelque sorte, flétries par des haillons, et qu'une famille vendéenne, si recommandable, soit exposée à mourir sans laisser de quoi payer son cercueil (1)

Grâces soient rendues aux généreux protecteurs qui porteront aux pieds du trône cet abrégé de nos malheurs ! qu'ils jouissent alors d'avoir fait une bonne action ! Que Dieu les récompense, et qu'il répande sur notre Roi ses plus riches bénédictions ! ! !

MORICET,
Receveur particulier à Beaupréau

Paris, ce 25 mars 1827

P. S. On peut assurer que les libéralités du Roi en faveur de la famille Moricet seront accueillies avec transport par la Vendée, où les sacrifices de cette famille sont connus de tout le monde, et où elle jouit de l'affection générale.

(1) Ceci n'est point une exageration. Je me suis engage, par acte authentique, a compter sur le revenu de ma place 9,000 fr par annee aux creanciers de ma mère, jusqu'à parfaite liquidation, le surplus de mes émolumens suffit à peine a notre existence, et si je venois a mourir, ma mere, mon frère et mes sœurs ne posséderoient pas une obole

CERTIFICATS.

N° 1.

Nous, soussigné, maire de la ville de Cholet, arrondissement de Beau
préau, département de Maine et Loire, certifions qu'il est de notoriété
publique, à Cholet, ainsi qu'à notre connoissance personnelle, qu'aucune
famille dans ce pays n'a fait plus de sacrifices en tous genres que la
famille Moricet dans les guerres de la Vendée.

Qu'un grand nombre de ses parens sont morts victimes de leur dévouement à nos Rois; qu'elle a éprouvé pour la même cause des pertes enormes
de fortune; que pendant les cent-jours encore, madame Moricet a rendu
des services pécuniaires au-dessus de ses moyens, et contribué de toute son
influence à seconder le parti royaliste; que son fils aîné à cette époque est
revenu de Bordeaux, apres le départ de Madame, Duchesse d'Angoulême,
pour prendre les armes dans la Vendée, où il a fait la campagne d'une ma-
nière distinguée, ce qui est attesté par un certificat très-honorable de son
général, le comte Charles d'Autichamp. Son second fils fut nommé lieutenant dans la même armée (1).

Nous pensons qu'aucune famille n'a plus de droits aux bienfaits du Roi,
et n'en éprouve un plus pressant besoin.

En foi de quoi nous délivrons le présent certificat pour valoir ce que de
raison.

A Cholet, le 2 mars 1827.

Signé CHERBONNIER.

(1) Il etoit alors âge de seize ans

N° 2.

Nous, soussigné, maire de la ville de Cholet, arrondissement de Beaupréau, département de Maine et Loire, témoin de la conduite honorable et généreuse de la famille Moricet dans les malheurs qui l'ont accablée;

Désirant lui donner un témoignage de notre estime, et rendre un hommage bien légitime à la délicatesse et au désintéressement de tous les membres de cette estimable famille;

Certifions qu'ils ont sacrifié sans hésitation (1), et d'un accord unanime, une fortune de *quatre cent mille francs* pour faire honneur à des engagemens qu'aucune loi ne pouvoit les forcer à remplir (2);

Qu'aucun acte ou poursuite judiciaire n'a été exercé contre madame Moricet; que le traité conclu par ses enfans en faveur des créanciers, exprime que le capital et les intérêts leur seront intégralement payés; et que cette crise, loin de nuire à la considération dont la maison Moricet est en possession depuis si long-temps, n'a fait que lui donner de nouveaux droits à l'estime de ses concitoyens.

En foi de quoi nous nous faisons un devoir de délivrer le présent certificat.

Fait à Cholet, le 2 mars 1827.

Signé CHERBONNIER.

Vu, pour légalisation de la signature de M. Cherbonnier, maire de la ville de Cholet, par nous, sous-préfet de l'arrondissement de Beaupréau, qui nous joignons bien volontiers à ce magistrat, non-seulement pour attester, s'il en est besoin, la vérité des faits ci-dessus relatés, mais encore pour rendre témoignage de la considération générale que la famille Mo-

(1) Il y a quelques mois

(2) C'etoit tout ce que la premiere guerre leur avoit laissé de la fortune de leurs ancêtres

ricet s'est acquise parmi les personnes vraiment attachées aux bons principes, par son constant dévouement à la cause de la religion et de la monarchie, et de l'intérêt honorable que ses malheurs récens lui ont attiré de la part de l'élite de la société.

À Beaupréau, 5 mars 1827.

Signé F. DE CHANTREAU.

LE NORMANT FILS, IMPRIMEUR DU ROI, RUE DE SEINE, N° 8.

www.ingramcontent.com/pod-product-compliance
Ingram Content Group UK Ltd.
Pitfield, Milton Keynes, MK11 3LW, UK
UKHW020118100726
13658UKWH00005B/2251